0774.

B. L.

Cat. demjou 15439.

L'ILLVSTRE

BANQVET·

DERNIERE EDITION
Reueuë par l'Autheur.

A PARIS,

Chez la Veuue IEAN CAMVSAT, ruë
Sainct Iacques, à la Toison d'Or.

M. DC. XLII.

AD.VIS
A vn Poëte beuueur d'eau.
SONNET.

N'vain, pauure TIRCIS, tu te romps le cerueau
Pour changer en beaux vers tes rimes imparfai-
tes ;
Tu n'auras point de rang parmy les bons Poëtes,
Si comme les oysons tu ne bois que de l'eau.

Va picquer ton esprit d'vn traict du vin noueau
Que le Cormié recelle en ses caues secretes,
Si tu veux esgaler ces antiques Prophetes
Dont le nom brille encor dans la nuict du tombeau.

Bien que ces neuf Beautez qui flattent nostre veine
Exaltent la vertu des eaux de leur fontaine,
Les fines qu'elles sont ne s'en abreuuent pas :

Là sous des lauriers vers, ou plustost sous des treilles,
Les tonneaux de vin Grec eschauffent leurs repas,
Et l'eau ny rafraischit que le cu des Bouteilles.

L'ILLVSTRE
BANQVET.

Sprits, de qui la Muse est ardāte & fécōde,
Qui sur l'aisle des vers faites le tour du
   monde ;
Qui pour sacrer vos noms à l'immortalité,
Fuyez comme vn escueil la molle oysiueté ;
Dans cette passion de vouloir tousiours viure,
Voulez-vous jour & nuit mourir dessus vn liure ?
Bacchus veut des honneurs aussi bien qu'Apollon,
Vne Table vaut mieux que le double vallon ;
Ny les charmes d'vn Luth, ny ceux d'vne Guiterre
N'ont rien de comparable aux delices d'vn verre.
Sa douce melodie, & son gay cliquetis
Sçauent l'art d'attirer tous les Dieux chez Thétis,
D'appaiser Iupiter alors qu'il se courrouce,
Et de mettre Saturne en humeur de carrousse.

  Amis, soyons touchez d'vn semblable desir,
Ne mesurons le temps qu'aux reigles du plaisir,

Et ne nous perdans point dans ces vagues penfées,
Des chofes aduenir, ny des chofes paffées,
Où le plus habile homme eft le moins fuffifant,
Arreftons nos efprits aux chofes du prefent.
Ioüiffons du bon-heur que le Ciel nous octroye,
Sacrifions au Dieu qui préfide à la joye,
Et fans nous tourmenter du foin des Potentats,
Ny du déreglement qu'on voit dans leurs Eftats,
Ny des diuers aduis du Confeil des Notables,
Débitons aujourd'huy cent contes delectables,
Et tous expedions à l'ombre des Celiers
Plus de verres de vin qu'ils ne font de Cahiers.
      Les fages Anciens, dont les Académies
Ont fouuent réueillé nos ames endormies,
Souftiennent qu'icy bas quatre fainctes Fureurs
Agitent nos efprits de leurs douces erreurs,
Les Mufes, Apollon, l'Enfant que Cypre adore,
Et le Dieu qui dompta les peuples de l'Aurore.
Que ce puiffant Démon de la rouge liqueur
De fon diuin nectar agite noftre cœur !
Que l'effect merueilleux des pampres & des treilles
Soit l'vnique entretien de nos plaifantes veilles !
Et deuant que la foif trouble noftre repos,
Courons alaigrement l'efteindre dans ces pots ;
Ainfi les habitans de noftre voifinage
Efteignirent du feu la colere & la rage,
Quand le Palais en proye, & les loix à l'encan,
Nous firent voir Thémis dans le fein de Vulcan.

Si ces vieux Cheualiers qui couroient par le monde
S'acquirent tant d'honneur pour vne Table ronde;
Nous qui suiuons Bacchus, & reuerons ses loix,
Faisons le verre en main de si vaillans exploits,
Que la prose, & les vers d'eternelle durée,
Parlent des Cheualiers de la Table quarrée.
Mais c'est trop discourir sur le poinct d'vn assaut;
Amis, auancez-vous pendant que tout est chaud;
Regardez de ce plat la vapeur embaumée,
Voyez comme il espand vne douce fumée,
Que l'air de nostre haleine esleue dans les Cieux,
Comme vn nouuel encens que nous offrons aux Dieux.
    Pour moy qui suis contraire à cette Tyrannie
Qui seconde les loix de la ceremonie,
Puisque je suis le Roy des Enfans sans soucy,
Ie me sieds le premier, asseiez-vous aussi;
Ou vous allumerez le feu de ma colere,
Qui ne s'appaisera que dans la bonne chere.
    Que ces mets delicats sont bien assaisonnez!
Que ce vin est friand! qu'il va peindre de nez!
Qu'il va causer d'ardeur dans le fonds de nostre ame!
Et que l'Amour est froid à l'egal de sa flâme!
Inspiré de Bacchus qui préside en ce lieu
Ie vuide cette Couppe en l'honneur de ce Dieu:
Mais quoy, ma soif s'irrite au lieu d'estre appaisée!
Rendons encor trois fois cette couppe espuisée.
Amis, c'est assez beu pour la necessité,
Ne beuuons desormais que pour la volupté.

Que chacun à ce coup ses temples enuironne
Des replis verdoyans d'vne belle couronne ;
Couurons-nous de lierre , & de myrthes aussi,
Puis qu'ils ont le pouuoir de charmer le soucy.
Et malgré cét hyuer qui rauit toutes choses,
Si nous trouuons encor des œillets & des roses,
Semons-en cette place , ornons-en ce repas,
Non pource que l'odeur en est pleine d'appas,
Mais pource que ces fleurs ont vn lustre semblable
A la viue couleur de ce vin tant aimable,
Qui pour flatter nos yeux de son esclat vermeil,
Nous monstre dans vn verre vn liquide Soleil.

Profanes, loing d'icy ; que pas vn homme n'entre
Qui soit du rang de ceux qui trahissent leur ventre,
Qui fraudent leur Genie , & d'vn cœur inhumain
Remettent tous les jours à viure au lendemain.
Mal-heureux en effect l'Auare qui possede
Des biens & des thresors , & jamais ne s'en aide.
Tandis qu'on a le temps & qu'on se porte bien,
On doit auec raison se seruir de son bien,
Et suiuant les plaisirs où l'aage nous conuie,
Gouster autant qu'on peut les douceurs de la vie.
Quand nous serons priuez de la clarté du jour,
Nous ne gousterons plus les charmes de l'Amour ;
Nous n'aurons plus besoin de celliers , ny de granges,
Pour enfermer nos bleds , & serrer nos vendanges ;
Mais tristes & pensifs accablez de douleurs,
Nous n'aualerons plus que les eaux de nos pleurs.

Chers Amis, laiſſons là ceſte Philoſophie,
Que chacun à l'enuy l'vn l'autre ſe deffie
A qui rendra pluſtoſt ces grands vaſes taris;
Six fois ie m'en vay boire au beau nom de CLORIS,
CLORIS le ſeul deſir de ma chaſte penſée,
Et l'vnique ſujet dont mon ame eſt bleſſée;
Lydas, verſe tout pur, puis que la pureté
A tant de ſympathie auec ceſte Beauté.
Et puis ne ſçais-tu pas que l'Element de l'onde
Eſt le ſigne certain d'vne humeur vagabonde?
Si je bois iamais d'eau qu'on m'eſtime vn oyſon;
Que perſonne en beuuant ne me face raiſon,
Que mes vers, comme l'eau, deuiennent froids & fades,
Qu'ils ne ſoient ny connus, ny payeZ qu'en gambades,
Que iamais de Beauté ne me face faueur,
Que l'on me monſtre au doigt cõme vn pauure beuueur;
Enfin qu'aux Cabarets pour ma honte derniere
On eſcriue mon nom ſous le nom de CHAVDIERE.

Certes ie hais ces mots qui finiſſent en eau,
Si j'euſſe eſté Ronſard j'euſſe berné Belleau;
Auſſi bien n'eut-il pas vne aſſez rouge trongne
Pour expliquer les vers de ce gentil yurongne,
Ce grand Anacréon, ce Poëte diuin,
Qui veſquit dans l'Amour, & mourut dans le vin.

Mais à propos de vin, Lydas reuerſe à boire,
Auſſi bien ce piot rafraichit la memoire;
Il fait rire & dancer les plus ſages vieillars,
Il leur met en l'eſprit mille contes gaillards;

Et quoy que l'on ait dit de la fureur des Muses,
Il dispense le don des sciences infuses;
Si bien que par miracle, il arriue souuent
Que l'ignorant qui boit deuient homme sçauant.
Nostre ARCANDRE le sçait, qui pour aymer la vigne
Passe desia par tout pour vn Poëte insigne,
ARCANDRE dont l'esprit ne fait rien de diuin
S'il n'a mis dans son corps quatre pintes de vin.

Ah! que j'estime heureux l'amoureux d'ISABELLE!
Non pource qu'il adore vne fille si belle,
Non pource que les traits qui partent de ses yeux
S'espandent aussi loin que le flambeau des Cieux;
Non pource que les nœuds de sa perruque blonde
Sont les douces prisons des cœurs de tout le monde;
Non pource qu'à Paris elle à tant de renom,
Mais pource que ie vois huict lettres dans son nom;
Et que l'affection que cét Amant luy porte,
A tant de mouuemens, est si viue & si forte,
Qu'il ne peut faire moins que de trinquer huict fois
Au nom de la Beauté qui le tient sous ses loix.
Pour moy, soit qu'on me blâme, ou bien que l'on me prise,
Ie veux changer le nom de CLORIS en CLORISE,
Ou bien prendre CLORINDE, ou d'autres mots choisis;
Fais-en, mon cher AMINTE, autant de ton ISIS;
Cela luy tiendra lieu d'vne nouuelle offrande,
Ce nom est trop petit, & ta soif est trop grande.

Mais pendant ce discours, ne m'appercoy-ie pas
Que la force du vin debilite mes pas?

Vn hocquet importun choque mon humeur gaye,
Ma parolle se couppe, & ma langue begaye,
Ie rougis d'auoir beu, ie paslis quand ie boy,
Et la teste me tourne, & tout tourne auec moy;
Mon Esprit se confond, mon jugement se trouble,
Ie ne voy point d'object qui ne me semble double;
I'entens dedans la nuë vn tonnerre esclatant,
Ie regarde le Ciel, & n'y vois rien pourtant.
Tout tremble sous mes pieds, vne sombre poußiere
Comme vn nuage espais offusque ma lumiere,
Et l'ardante fureur m'agite tellement
Qu'auecque la raison, je perds le sentiment.
Euoé ie fremis, Euoé ie frissonne,
Vn vent impetueux esbranle ma couronne;
Et ie me trouue enfin tellement combatu,
Que ie tombe par terre, & n'ay plus de vertu.

    Puißante Deïté, mon vainqueur, & mon maistre,
Si tu m'as tant de fois aduoüé pour ton Prestre,
Si tu m'as tousiours veu plus qu'aucun des mortels
Espandre au lieu d'encens, du vin sur tes Autels;
Race de Iuppiter, digne Enfant de Semele,
Appaise la fureur qui m'accable sous elle;
Dißipe les vapeurs de ce bon vin nouueau,
Qui gronde dans mon ventre, & bout dans mon cerueau.
Rends plus fermes mes pas, modere ta furie;
Donne moy du repos, ô Pere ie t'en prie,
Par ton Thyrse couuert de pampres tousiours vers,
Par les heureux succeZ de tes trauaux diuers,

                                        B

Par le Sep vigoureux qui te conquit les Indes,
Par l'aimable rumeur des chansons & des-brindes,
Par le front herissé de tes fiers Leopars,
Par tes cheueux dorez, par tes brillants regards,
Par le mystique Van de tes sacrez mysteres,
Par les cris redoublez des festes Triéteres,
Par ton Esprit de feu qui fait boire & parler,
Par tout ce que la Gréce eut soin de t'immoler,
Par les pieds chancelans du vieux pere Silene;
Bref par ce doux nectar d'Arbois, & de Surene.
  Ainsi dit CERILAS *d'vn geste furieux,*
Roüant à chaque mot la prunelle des yeux:
Bacchus qui l'entendit, d'vn bruit espouuentable
Fit trembler à l'instant les treteaux & la Table;
Tous les vases remplis branslerent en ce lieu,
Et pas vn ne versa de la liqueur du Dieu;
Tesmoignage certain qu'il ne mit en arriere
De son humble Sujet la deuote priere.
Aussi pour le flatter d'vn sommeil gracieux,
Ce Dieu qui l'éueilla, luy vint fermer les yeux.

AV LECTEVR.

Omme tu ne te lasses point de relire ce Poëme de Monsieur COLLETET, nos Presses ne se lassent point aussi de le réimprimer. Tant de diuerses editions qui en ont esté faites depuis la premiere, qui fut en l'an 1627. sont les moindres preuues de son merite. Ie te presente encore celle-cy que son Autheur prit la peine de reuoir il y a quelque temps. Et pour accompagner ce petit ouurage d'vne suitte digne de luy, ie te presente encore du mesme ouurier quelques Sonnets, dont le style burlesque te fera connoistre qu'il n'est point de si seuere Caton qui ne se relasche quelquefois de son austerité, & qu'en cette saison il est permis aux honnestes gens d'assister, & de rire aux Saturnales. Ce 15. Ianuier 1642.

AVTRES GAYETEZ
DE CARESME PRENANT.

Tirées du liure des Diuertiſſemens du meſme Autheur.

A PEGASE.

SONNET.

Ien Pégaſe, deſcends des ſommets de Parnaſſe;
Dans les ſentiers cõmuns, ie ſuis las de marcher;
Courſier des beaux Eſprits, ſi le mien t'eſt ſi cher,
Porte moy dans la route où gallopoit le Taſſe.

Seconde de ton vol le vol de mon audace,
Enleue moy de terre au celeſte plancher;
Et me faiſant du front les Eſtoilles toucher,
Fay que pas vn mortel ne me ſuiue à la trace.

Dieux! I'ay deſia franchy la carriere des airs;
Mais pour trop m'eſleuer on croid que ie me perds,
Et l'on me met au rang des choſes inconnuës.

Que le ſort d'vn Poëte eſt cruel en ce point!
On ne le cognoiſt pas s'il vole dans les nuës,
Et s'il rampe ſur terre on ne l'eſtime point.

B ij

LE PRÉVOYANT.
SONNET.

Ous me perſecuteʒ auec vos traittemens
Puiſque voſtre bonté mes affaires empire ;
Quand vous me régaleʒ ma famille ſouſ-
    pire,
Doiſ-je immoler ſa vie à mes contentemens?

Encor que mon Eſprit cede à vos ſentimens,
Qu'à toutes vos humeurs la mienne ſoit de cire,
Il n'eſt pas touſiours temps de chanter, & de rire,
Lors que l'on veut baſtir ſur de bons fondemens.

Pour moy ie veux meſler l'vtile, au deleＣtable,
Les trauaux de l'eſtude aux plaiſirs de la table ;
Qui conſeille autrement n'eſt pas fidelle amy ;

Ce n'eſt pas que ie ſois d'vne humeur inegale ;
C'eſt que pour amaſſer ie doibs viure en fourmy,
De crainte qu'en chantant ie ne meure en cigale.

PLAINTE POËTIQVE.
SONNET.

 *Erois-je encor des vers? Amy, j'en ay tant faict,*
Plus j'enrichis ma langue, & moins ie deuiens
riche;
Mon esprit abondant laisse ma terre en friche,
Et le vent de l'honneur n'emplit pas mon buffet.

Vn Poëte accomply n'est plus qu'vn fou parfaict,
Des qu'il prodigue vn bien dont il doibt estre chiche;
Ce n'est plus qu'vne idole & sans base, & sans niche,
Qu'on flatte en apparence, & qu'on berne en effect.

Ie rougis de pallir tant de fois sur vn liure,
De me tuer tousiours pour vouloir tousiours viure,
D'affliger mon esprit pour diuertir autruy;

De posseder vn nom dont le bruit m'importune,
De m'esleuer si haut & n'auoir point d'appuy,
D'estre bien chez la Muse, & mal chez la Fortune.

Il paroist bien qu'il y a long-temps que ce Sonnet est fait, puis qu'il y a desia plus de dix années que l'Autheur a trouué dans cet heureux siecle des Muses ce que l'on cherchoit vainement dans la Barbarie des siecles passez.

LE PEDANT.

SONNET.

V se escampe d'icy; ce Muscat me fait croire
Que je feray sans toy quelque ouurage falot,
Capable de siffler ce maistre Sibilot
Qui ne joint pas vn art à son art de memoire.

Des que ie voy ce Rustre, ou que j'oy son grimoire,
Qui commence à la souppe & cesse à l'angelot;
C'est lors qu'en imitant Regnier & Bertelot,
I'escris d'vn pied de veau sa vie, & son histoire.

Mais d'où viet que ces vers me semblent si rampans?
Voudrois-je conuertir mes Aigles en serpens,
Et du Cheual volant en faire vn de bagage?

Quoy qu'icy ie m'esgare & rime de trauers;
Tousiours dans ce Sonnet i'emporte l'aduantage
Que mon suiect encore est plus sot que mes vers

LE MEDISANT
BERNÉ.
SONNET.

Vi veut voir à Paris vn Aduocat sans loix,
Vn oyson qui s'exerce à chanter la Musique,
Vn glorieux vestu comme vn valet de pique,
Qui ne jouït de rien iouïssant de ses droits.

Qui veut voir vn lourdaut s'estimer vn matois,
Vn pedant qui s'esgare & fait le politique,
Un Philosophe aigû qui n'a point de replique,
Vn homme aussi disert qu'vne souche de bois.

Qui veut voir vn grand asne à petites oreilles,
Vn frelon qui s'esleue au dessus des abeilles,
Un Poëte qui resue & ne peut faire vn vers;

Un qui tranche du sage auec vne marotte,
Bref vn esprit tortu dans vn corps de trauers,
Qu'il vienne voir ce fat qu'on nomme l'Antiflotte

LE DISNER
DE LA CROIX DE FER. 1630.
SONNET.
A CLEANDRE.

DE quinze ou seize au moins que nous sômes icy,
Papistes, Huguénots, de different merite,
L'vn fait le libertin, l'autre fait l'hypocrite,
L'vn plaide pour Sedan, & l'autre pour Nancy.

L'vn raille vn nez pointu, l'autre vn nez racourcy,
L'vn censure vn poulet, l'autre vne carpe fritte,
L'vn entre, l'autre sort; l'vn rit, l'autre s'irrite,
L'vn reforme l'Estat, l'autre vit sans soucy.

L'vn s'entretient d'amour, & l'autre de chicane,
L'vn parle de sa bure, & l'autre de sa pane,
Moy ie mange en repos, & bois sans dire mot.

Amy, qui les connois d'esprit & de visage,
Vis tu iamais ailleurs vn repas si falot?
Et parmy tant de fous, vn Poëte si sage?

F I N.